leicht & logisch
Lektüren für Jugendliche

A1

Neu in der Stadt

von Paul Rusch

Ernst Klett Sprachen

Stuttgart

von Paul Rusch

Redaktion: Annerose Bergmann
Zeichnungen: Anette Kannenberg
Layout und Satz: Kommunikation + Design Andrea Pfeifer, München
Umschlag: Bettina Lindenberg

Quellen:
S. 13 shutterstock.com; S. 39 pixelio.de; S. 47 Claudia Hautumm – pixelio.de

ACHTUNG! Hinweis zu den Audio-Dateien:

Hier Code eingeben

Diese Ausgabe wurde bisher mit eingelegter Audio-CD ausgeliefert. Aus umweltpolitischen Gründen und da CD-Laufwerke immer seltener eingesetzt werden, können Sie die **Audio-Dateien** nur noch auf **www.klett-sprachen.de** über den Code **cz74nq2** herunterladen.

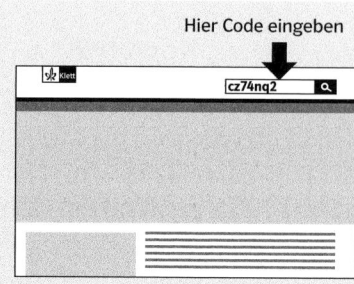

 Dieses Symbol verweist im Text auf die entsprechenden Audio-Dateien.

Audio-Impressum:
Sprecher und Sprecherinnen: Peter Veit, Vincent Buccarello, Mario Geiß, Benedikt Halbritter, Angela Kilimann, Benno Kilimann, Detlef Kügow, Jenny Perryman, Carolin Seibold
Regie und Postproduktion: Christoph Tampe
Studio: Plan 1, München

Weitere Lektüren in der Reihe „leicht & logisch":

Die Sommerferien	A1	605112
Einmal Freunde, immer Freunde	A1	605113
Drei ist einer zu viel	A1	605115
Neue Freunde	A2	605116
Frisch gestrichen	A2	605117
Kolja und die Liebe	A2	605118
Hier kommt Paul	A2	605119

www.klett-sprachen.de

1. Auflage   1 15 14 13 12 11 | 2027 26 25 24 23

© Ernst Klett Sprachen GmbH, Stuttgart, 2017.
Erstausgabe erschienen 2013 bei
Klett-Langenscheidt GmbH, München.

Druck und Bindung:
Plump Druck & Medien GmbH, Rheinbreitbach

INHALT

DIE FREUNDE

Nadja, Pia, Paul und Robbie gehen in die Schule in Glücksdorf. Kolja ist neu in der Stadt. Er kommt aus Berlin.

Kolja lebt seit ein paar Monaten in Glücksdorf. Alles ist neu: der Ort, die Schule, die Leute. Kolja hat hier noch keine Freunde, er ist oft allein.

Nadja ist die beste Freundin von Pia. Sie hat einen Freund: Robbie. Er ist in einer anderen Klasse.

Pia interessiert sich für alles. Und sie hat ein Problem. Aber sie bekommt Hilfe.

Robbie ist Nadjas Freund und ein bisschen älter. Er liebt Musik, spielt Gitarre und hat eine Band.

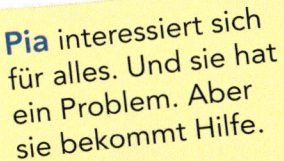

Paul hat Probleme in der Schule, aber Pia hilft ihm oft. Er spielt Fußball beim SV Rasentreter.

1

Ich will nicht weg

● Kolja, wo bist du? Frühstück! Du bist schon wieder zu spät. Trink deinen Tee und iss ein Brötchen.

○ Mach keinen Stress[1], Mama! Warum muss ich aufstehen? Ich habe doch heute die erste Stunde frei.

„Aber wir haben nicht frei." Koljas Geschwister, Boris, Denis und Alina, müssen gehen. Boris und Alina gehen zur Schule und sie bringen Denis zum Kindergarten.

---

1 Mach keinen Stress: Nerv mich nicht.

Kolja ist noch müde. Und sauer. Er muss erst in einer halben Stunde zum Bus gehen. Er macht das Radio an und will frühstücken.

„Koljaaaaaa, mach die Musik leise! Das nervt!"
Kolja sagt nichts. Er geht in sein Zimmer und nimmt seinen Player.
So kann er seine Musik hören. Ganz laut.

Aber was ist das?
Auf dem Tisch liegt eine Zeitung. Kolja liest:

die Werkstatt

Autohaus Schnell

Audi und VW Werkstatt
68618 Glücksdorf
Wir suchen
einen **Mechaniker**
(Chef[2] in der Werkstatt).
2.400 Euro pro Monat
0592 / 8769482

der Mechaniker

- Mama, was ist das?
- Papa sucht eine neue Arbeit. Er möchte die Werkstatt ansehen. Da bekommt er mehr Geld.
- Und wo ist Glücksdorf?
- Das weiß ich nicht.
- Ich will nicht weg von hier.
- Ich weiß, Kolja. Aber Papa braucht eine andere Arbeit.
- Und wir?

---

2 der Chef: Er sagt, was die anderen machen müssen.

Die Mutter sagt nichts mehr. Kolja isst sein Frühstück. Dann nimmt er den Rucksack für die Schule und geht.

2

Auf nach Glücksdorf

Es ist Freitagmorgen. Heute geht Kolja zum letzten Mal in Berlin in die Schule. Koljas Vater hat ab Montag eine neue Arbeit. Morgen fährt er mit seiner Familie nach Glücksdorf. Sie haben dort auch schon eine Wohnung.
„Sie ist groß und schön! Dort haben wir endlich viel Platz", sagt Papa.

Sieben Jahre war Kolja in Berlin. Hier hat er seine Freunde. Er will nicht weg.

Die Klasse schenkt Kolja eine CD mit den Lieblingssongs von allen Schülern. Kolja freut[3] sich.

Kolja gibt allen seine neue Adresse:

Kolja Wagner
Kiewer Weg 3
68618 Glücksdorf
kolja_wagner@coolmail.de

Am Nachmittag ist Kolja bei seinen Freunden. Er ist sehr still und traurig.

---

3 sich freuen:

9

Zu Hause spielt er die CD auf seinen Player. Er hört die Musik von seinen Freunden und packt seine Sachen. In der Nacht kann er nicht schlafen. „Ich will nicht weg", denkt er immer wieder. Kolja schläft nicht gut.

Am Morgen müssen alle helfen. Sie tragen die Sachen zum Auto.

Um 10 Uhr fahren sie los.

Fünf Minuten später fragt Denis: „Wann sind wir da?"
Papa kennt den Weg, er war ja schon dort.
- 🔵 Ich denke, wir brauchen vier bis fünf Stunden.
- ⚪ Was? So lange? Und wann kommen wir zurück?
- 🟦 Wir kommen nicht zurück. Wir bleiben dort, Denis. Das weißt du doch.
- ⚪ Und wie komme ich in meinen Kindergarten, Mama?
- 🟦 Du gehst in einen anderen Kindergarten.
- ⚪ Ich will aber in meinem Kindergarten bleiben, Mama. Da sind Leon und Ina und Larissa und …

☐ Ich möchte auch in Berlin bleiben.

▲ Ich auch!

△ Ich auch!

● Kinder! Bitte! Wir fahren nach Glücksdorf und bleiben dort. Das wisst ihr!

☐ Ja. Aber ...

Kolja spricht nicht weiter. Er ist still und sieht aus dem Fenster. Er hört Musik.

Nach mehr als zwei Stunden macht Familie Wagner eine Pause. Sie gehen ins Restaurant an der Autobahn[4] und essen. Sie sprechen nicht viel.

Zwei Stunden später kommen sie endlich in Glücksdorf an.

„Wir sind da!", sagt Papa.

„Hier ist es schön!", sagt Mama.

Alle steigen schnell aus.

„Kommt mit, Kinder, ich zeige euch die Wohnung."

4-5

---

4   die Autobahn: eine Straße, dort dürfen Autos sehr schnell fahren

3

Die Wohnung

Papa macht die Tür auf, alle laufen in die Wohnung.
„Und?", fragt Papa.
Die Wohnung ist nicht sehr groß, aber nicht so klein wie die Wohnung in Berlin. Es gibt zwei Zimmer mehr.

Boris bekommt ein Zimmer. Es ist klein, aber er hat das Zimmer für sich allein. Auch Koljas Zimmer ist klein.
„Endlich allein im Zimmer!", denkt Kolja und er ist ein bisschen froh. In Berlin war er mit Boris und Denis zusammen in einem Zimmer. Alina und Denis wohnen immer noch zusammen in einem Zimmer, aber es ist ziemlich groß.

„Kommt, helft mir mal!", ruft Papa. Das Auto mit allen Sachen ist da. Papa bringt mit Boris und Kolja die großen Sachen in die Wohnung.

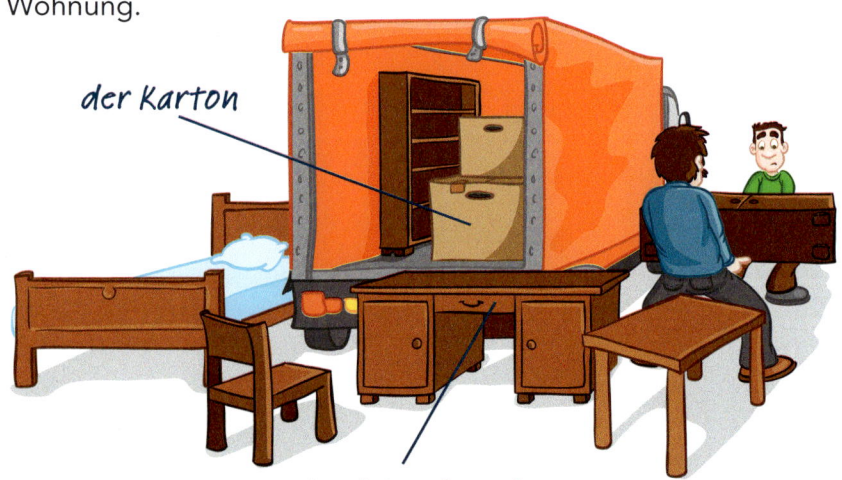

der Karton

der Schreibtisch

So viele Möbel: Schränke, Betten, Regale, Tische, Schreibtische, Stühle. Und dann noch die vielen Kartons …

Alle helfen und bringen die Sachen in die Zimmer. Das dauert lange und am Abend sind alle müde.
„Ich hoffe, wir sind glücklich hier in Glücksdorf", sagt Papa.
„Gute Nacht!"

Kolja kann nicht schlafen. Er hört Musik und dann schreibt er noch eine SMS an seine Freunde Alex und Ilhan.

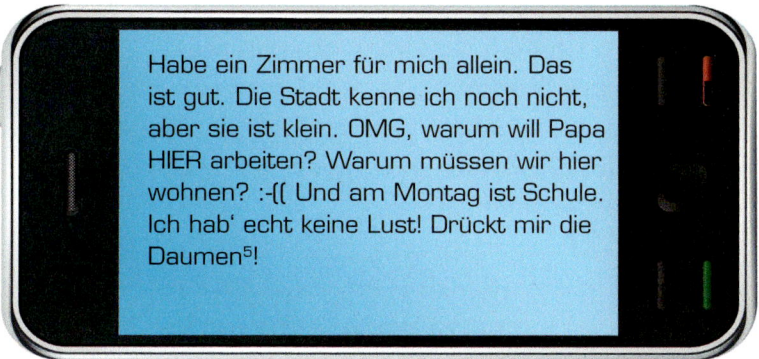

Habe ein Zimmer für mich allein. Das ist gut. Die Stadt kenne ich noch nicht, aber sie ist klein. OMG, warum will Papa HIER arbeiten? Warum müssen wir hier wohnen? :-((Und am Montag ist Schule. Ich hab' echt keine Lust! Drückt mir die Daumen[5]!

---

5 die Daumen drücken: einer Person Glück wünschen

4

Willkommen

Es ist Montagmorgen. Die erste Woche für Familie Wagner in Glücksdorf beginnt.

Koljas Vater geht zuerst aus dem Haus, um zwanzig vor sieben. Die Arbeit in der Werkstatt beginnt schon um sieben Uhr.

Kolja und Boris müssen mit dem Bus zur Schule fahren. Sie müssen um Viertel nach sieben weggehen.

Alina kann zu Fuß gehen. Der Weg ist nicht weit.

Um Viertel vor acht bringt die Mutter Denis zum Kindergarten. „Hoffentlich gefällt es den Kindern hier", denkt sie. „Alles ist neu! Auch für mich."

Kolja steigt aus dem Schulbus und geht gleich zum Lehrerzimmer⁶.

„Da bist du ja. Das ist schön", sagt der Direktor. „Warte hier vor der Tür! Ich bringe dich dann in die Klasse."

Viele Schüler gehen durch den Flur. Alle sehen Kolja an.

„Wer ist denn das?", hört Kolja und „Kennst du den?" Ein anderer Schüler fragt: „In welcher Klasse ist denn der? Hoffentlich kommt der nicht zu uns!"

„Mann, wie blöd", denkt Kolja. „Alle sprechen über mich. Warum bin ich hier?"

„Dingdong, Dingdong." Kolja sieht auf die Uhr. Es ist genau acht. Die letzten Schüler laufen schnell in ihre Klassen.

---

6 das Lehrerzimmer: Zimmer für die Lehrer an der Schule

Aber Kolja muss immer noch warten. Wo bleibt nur der Direktor?

- So, Kolja, jetzt gehen wir. Du kommst in die 7b, die Klassenlehrerin[7] heißt Helga Müller.
- Aha.
- Und, wie gefällt es dir hier?
- Ich weiß nicht, ich bin erst seit zwei Tagen da.
- Die Klasse ist sehr nett.
- Schön.
- Wir sind da.

Der Direktor geht mit Kolja in die Klasse.

Willkommen bei uns, Kolja!

Der Direktor sagt noch ein paar Sätze, aber Kolja hört gar nicht richtig zu. Alle Schüler sehen ihn an. „Mann, wie blöd ist das? Alle sehen mich an. Ist das peinlich[8]!", denkt Kolja wieder.
„Ich wünsche dir viel Glück bei uns", hört Kolja noch und dann geht der Direktor.

Die Klasse hat heute Mathe in der ersten Stunde. „Du kannst dort hinten sitzen", sagt der Mathelehrer. „Wir wollen dich gern ein bisschen kennenlernen. Habt ihr Fragen an Kolja?"
Die Schüler haben Fragen, viele Fragen. Und Kolja gibt alle Antworten.

---

7 die Klassenlehrerin: Lehrerin in einem Fach, sie organisiert alles für die Klasse
8 peinlich: blöd, man möchte das nicht

„Hast du Mathe gesagt?" Der Mathelehrer sieht Kolja freundlich
an. „Dann machen wir doch jetzt Mathe."
„Ich habe aber noch eine Frage!", ruft ein Schüler.
„In der Pause ist viel Zeit für Fragen", sagt der Lehrer. „Jetzt ist
Mathe dran."

Kolja lernt am Vormittag noch andere Lehrer kennen, auch Frau
Müller. Und viele Schüler. So viele Namen!
Nach der letzten Stunde gehen die meisten zusammen nach
Hause, zu zweit oder zu dritt. Kolja bleibt allein, niemand fragt
ihn: „Willst du mitkommen?"
Er geht allein nach Hause.

In den nächsten Wochen muss Kolja viel lernen. Die Schule ist
anders. Er sitzt oft in seinem Zimmer, lernt und hört Musik. Seine
Freunde Alex und Ilhan sind in Berlin. Leider.

8

5

Komm doch mal mit!

Kolja ist schon zwei Monate in der Klasse. Ein paar Schüler sind ja ganz nett, aber Freunde hat er noch keine.

Am Dienstag spielen die Jungs in Sport ein bisschen Fußball.
Nach der Sportstunde kommt Paul zu Kolja:
- He, Kolja, du kannst ja Fußball spielen!
- Ja, ein bisschen. Aber nicht so gut.
- Doch, doch. Ich spiele in einer Mannschaft[9]. Komm doch mal mit zum Training.
- Ich weiß nicht … Wann ist denn das Training?
- Heute Nachmittag. Wir trainieren immer auf dem Sportplatz. Ich kann dich um halb vier abholen. Dann fahren wir mit dem Rad. Ist das nicht gut?
- Ja, doch. Ich weiß nicht. Ich bin nicht so gut.
- Probier's doch mal. Also, ich bin um halb vier bei dir.

---

9 die Mannschaft = das (Fußball-)Team

17

11 Am Abend ist Kolja müde. Die Beine sind schwer und die Füße tun weh. Aber das Training war gut und der Trainer war auch okay.

Er schreibt noch eine SMS an Paul.

6

Sind die lecker!!!

Frau Müller kommt in die Klasse.

„In drei Wochen ist Elternabend[10]. In diesem Jahr verkauft[11] unsere Klasse Essen und Trinken. Das Geld ist für unseren Ausflug im Sommer."

12

Die Schüler sammeln Ideen und dann machen sie einen Plan. Wer kauft Getränke? Wer bringt Essen? Wer macht Kaffee? Und und und.

Getränke einkaufen	*Paul, Anton, Elena*
Kaffeemaschine mitbringen, Kaffee machen	*Nadja, Anna*
Essen besorgen	
• *Kuchen*	
• *Brötchen*	
• *Pizzaschnitten*	*Pia*
• *Pelmeni + Pampuschki*	*Kolja*
aufräumen	ALLE!!!

---

10 der Elternabend: die Eltern können in der Schule mit den Lehrern sprechen
11 verkaufen: für Dinge/Sachen Geld bekommen

Koljas Mutter kommt aus der Ukraine, deshalb macht sie für den Elternabend Essen aus ihrem Land: Pelmeni und Pampuschki.

Die Eltern kaufen Essen und Getränke. Die Schüler haben viel Spaß.

Nadja verkauft neben Kolja Kaffee. Sie probiert die Pampuschki und findet sie besonders gut.

● Robbie ist heute nicht da. Schade. Er isst so gerne!
○ Robbie?
● Ach, du kennst Robbie nicht? Mein Freund! Und er macht Musik.
○ Ach so!
● Ja, er spielt Gitarre und schreibt eigene Songs. Seine Musik ist ganz …
○ Einen Moment, Nadja! – Ja, bitte?

Schon wieder kauft jemand bei Kolja. Dann gibt Kolja Nadja je zwei Stück von den Pelmeni und Pampuschki. „Nimm das mit für deinen Robbie."

Nach einer Stunde kann Kolja nichts mehr verkaufen – alles ist weg.

Kolja geht durch den Flur. Ein paar Tische weiter steht Pia und verkauft Pizza. Pia hat ihren Hund dabei, Plato. Kolja hilft Pia ein bisschen und sie sprechen ganz viel. Sie haben Spaß, doch was ist das?

„Nein, Plato, weg da! Piaaaa!!!"
Der Schrei kommt von Nadja.
Zu spät! Plato frisst die Pelmeni
und Pampuschki.

Kolja und Pia müssen lachen.

7

Ein Konzert im Jugendzentrum

13

Sehen wir uns beim Konzert von Robbie?

Robbies Band spielt am Samstag im Jugendzentrum[12].

Du kommst doch auch zum Konzert!

Robbies Songs sind einfach super!

der Flyer

Ist Robbie nicht toll?

Robbie hat eine neue Gitarre. Jetzt klingt es noch besser!

Kolja findet Nadja eigentlich ganz nett, aber sie spricht einfach zu viel von Robbie. Robbie hier, Robbie da, Robbie dort. Immer nur Robbie!

Heute bekommt er in der Pause von Nadja auch noch einen Flyer.

20. Mai
im Jugendzentrum

Wild Guitars

mit Sänger Robbie
Neue Songs von Robbie
Party **ab 18:00 Uhr**
mit DJ Tukan
www.juze-adA.de

---

12   das Jugendzentrum: dort treffen sich junge Leute in der Freizeit

● Nadja, wer sind denn die *Wild Guitars*?

○ Was? Kolja, du kennst Robbies Band nicht?

● Nein, warum? Muss man die kennen?

○ Natürlich!!! Robbies Musik und seine Songs sind einfach super.

● Dann gib mir doch mal ein paar Songs. Dann kann ich sie zu Hause hören.

○ Kommst du nicht zum Konzert?

● Ja, schon, aber am Samstag …

Nadja ist schon wieder weg. Alle bekommen einen Flyer.
Kolja geht wieder in die Klasse. Pia ist auch schon da.

● Was ist denn mit Nadja los?

■ Nadja ist nicht immer so. Aber weißt du, sie ist einfach verliebt. Kommst du auch zum Konzert am Samstag?

● Ich weiß es nicht. Vielleicht.

■ Komm doch! Die Party wird lustig und es kommen ganz viele aus unserer Klasse.

Samstag, 20. Mai, Vormittag

Heute ist Samstag, Wochenende. Kolja hat keine Schule und – er hat Geburtstag.

Er kommt um neun Uhr in die Küche. Alle sitzen schon beim Frühstück und warten auf ihn. Auf dem Tisch stehen ein Kuchen – sein Lieblingskuchen – und ein Geschenk. Er macht es auf: ein Handy. Cool!

Um halb elf fährt Kolja mit Paul zum Sportplatz. Heute hat die Mannschaft ein Spiel.

„Aber um drei musst du wieder zu Hause sein. Dann essen wir!"

„Was gibt es denn?", fragt Kolja seine Mutter.

„Das sag' ich nicht. Eine Überraschung."

Das Fußballspiel ist toll und Kolja spielt gut. Nein, nicht nur gut, sehr gut. Koljas Mannschaft, der SV Rasentreter, gewinnt.

„Jungs und Mädels, das war super heute!" Der Trainer ist glücklich. „Kommt noch in die Kantine."

Kolja duscht lange und geht dann in die Kantine.

Alle anderen warten schon. Dann singen sie ein Geburtstagslied.

„Danke, danke!"

Kolja freut sich sehr und alle gratulieren ihm. Und dann bekommt er noch ein Geschenk.

das Trikot

„Aufmachen! Aufmachen!", rufen ein paar.

Kolja kann es nicht glauben.
„Danke, vielen Dank! Das Trikot von Schewa. Das ist mein Lieblingsspieler. Woher wisst ihr das?"
„Wir wissen alles!", sagt der Trainer und lacht.

Sie sitzen noch ein bisschen zusammen, trinken Saft und essen Kuchen. Aber dann ist es schon Viertel vor drei und Kolja fährt schnell mit dem Rad nach Hause.

Samstag, 20. Mai, Nachmittag

15 Kolja kommt nach Hause. Die Überraschung nach dem Spiel war super. Kolja ist glücklich.

„Was gibt es zum Essen? Ich habe Hunger", ruft er in die Wohnung.

„Das Essen ist gleich fertig", antwortet seine Mutter.

Kolja geht in sein Zimmer.

„Das gibt es nicht!", ruft er.

„Doch, das gibt es!" Alex und Ilhan warten in Koljas Zimmer auf ihn. Kolja ist glücklich und nimmt seine Freunde in die Arme.

„Wie geht es dir hier?", fragt Alex.

Kolja muss erzählen.

Dann ruft Koljas Mutter zum Essen. Es gibt Borschtsch[13] und dann Schaschlik[14].

16-17

Alle essen, es schmeckt wunderbar.

Und Koljas Freunde sind da. Er ist so froh. Alles macht jetzt viel mehr Spaß.

„Du musst uns Glücksdorf zeigen", sagt Ilhan nach dem Essen.

„Vielleicht gehen wir später noch ins Jugendzentrum, da ist ein Konzert", erzählt Kolja.

„Wann?", fragt der Vater. „Du weißt, du musst um neun zu Hause sein."

„Was? Aber ... aber das geht doch nicht!", findet Kolja.

„Kolja hat doch heute Geburtstag und Ilhan und Alex sind auch dabei! Da können die Jungs doch bis zehn Uhr weggehen."

„Danke, Mama."

---

13 der Borschtsch: Gemüsesuppe aus der Ukraine, es gibt viele Rezepte
14 das Schaschlik: Fleisch vom Grill

10

Samstag, 20. Mai, Abend

Ilhan bekommt das Fahrrad von Boris und Alex bekommt das Fahrrad von Koljas Vater. Sie fahren zuerst zum Sportplatz. Dann zeigt ihnen Kolja die Schule.

Alex will viel von Kolja wissen:
- Und, wie sind die Lehrer?
- ○ Gut und weniger gut, nett und weniger nett. Wie in Berlin auch.
- Ist viel anders in der Schule?
- ○ Ja, schon. Zuerst war vieles neu. Aber jetzt geht es ganz gut.
- Und die Mädels in der Klasse?
- ○ Ähm, ah, ja, ich weiß nicht …

Mehr sagt Kolja nicht.

Zum Schluss fahren sie zum Jugendzentrum. Dort ist schon richtig Party. Die Musik ist laut und gut.
„He, cooler Sound!" Die Musik gefällt Ilhan. „Wie heißt die Band?"

Aber die *Wild Guitars* spielen noch gar nicht. DJ Tukan macht Musik. Kolja findet den Sound auch total gut.
Ein bisschen später macht der DJ eine Pause.
„Was war das?", fragt Ilhan den DJ.
„*Nimm vier!* heißen die. Vier Jungs aus Hamburg. Die musst du hören! Die sind echt cool!"
„Ja, der Sound ist wirklich gut." Kolja spricht noch mal leise den Namen: *Nimm vier!*. Er will ihn nicht vergessen.

Und dann beginnt das Konzert von Robbie mit den *Wild Guitars*.

Das Konzert ist – na ja.
„Eure Schulband ist … ähm … interessant", sagt Alex.

In der Pause kommt Pia zu Kolja. Kolja stellt ihr seine Freunde aus Berlin vor.
„Ihr fahrt von Berlin hierher zu Kolja? Das ist ja wirklich nett von euch."
„Ist doch klar. Kolja kann heute doch nicht allein feiern."
„Was? Feiern?" Pia sieht Alex an.
„Klar, Kolja hat heute Geburtstag! Da braucht er seine Freunde!"
„Oje", denkt Pia und sagt dann schnell:
„Alles Gute, Kolja. Herzlichen Glückwunsch zum Geburtstag!"

Nach dem Konzert fahren Kolja, Alex und Ilhan wieder mit dem Rad nach Hause. „Morgen Vormittag noch, dann müssen die beiden wieder nach Hause. Schade!", denkt Kolja.
19-20

Die Zeit mit den Freunden geht leider sehr schnell vorbei. Kolja bringt Alex und Ilhan am Sonntagmittag zum Bahnhof.
● Es ist gar nicht so schlecht in Glücksdorf, Kolja. Ist okay hier!
○ Mach's gut, Kolja!
■ Danke. Ihr seid die besten Freunde. Bis bald!

Der Zug fährt ab.

11

Nimm vier!

Ein paar Tage später sieht sich Kolja die Homepage von *Nimm vier!* an.

„Was? Das gibt's doch gar nicht!"

Am 22. Juni kommen *Nimm vier!* nach Glücksdorf. Er schreibt sofort ins Klassenforum:

Heute, 15:58 Uhr
Ich kann es fast nicht glauben! *Nimm vier!* kommt nach Glücksdorf und spielt am 22. Juni in der Stadthalle. Seht euch den Link an:
www.nimmvier.de/termine/glücksdorf
Ich kann euch nur sagen: DAS ist Musik!!! Total cool.
Fragt DJ Tukan vom Jugendzentrum!

Erst dann surft Kolja weiter und sucht nach Tickets[15].

„Oh nein, das gibt es nicht. 58 Euro!!! Das ist doch verrückt." Kolja hat nicht so viel Geld. Und seine Eltern auch nicht. Sie können nicht nur ihm ein Ticket schenken, Boris und Alina möchten sicher auch zum Konzert gehen.

Kolja weiß: Kein Geld, kein Konzert!

Er will gar nicht mehr ins Klassenforum sehen. Es ist so blöd. Da kommt ein Mal diese Band, und er kann nicht zum Konzert gehen. Sicher gehen viele aus der Klasse hin. Aber das will Kolja gar nicht wissen.

---

15   das Ticket: die Karte für ein Konzert

 **Heute, 16:31 Uhr**
He Kolja, super Info[16]! Kannst du mir ein paar Songs geben? Ich möchte mal was hören. Danke für den Link!

 **Heute, 18:14 Uhr**
BTW, Robbie findet *Nimm vier!* auch gut.

„Hast du die Musik dabei?", fragt Pia Kolja am nächsten Tag in der Klasse.
- Äh? Welche Musik?
- ○ Warst du gestern nicht mehr im Forum?
- Nein.
- ○ Achso. Kannst du mir bitte morgen ein paar Songs von *Nimm vier!* mitbringen?
- Die kannst du gleich haben. Ich habe sie auf meinem Handy.

In der Klasse sprechen alle immer wieder vom Konzert. Kolja ist dann lieber still. Und ein bisschen traurig.

---

16 die Info: die Information

12

Im Kaufhaus

Kolja denkt oft an Ilhan und Alex, aber er weiß: „Ich brauche auch in Glücksdorf Freunde. Ich lebe jetzt hier, nicht mehr in Berlin. Okay, ich spiele Fußball mit Paul und den anderen. Aber das ist nur Sport."

Aber der Besuch von den Freunden war so schön. „Ich glaube, ich schenke Ilhan die neue CD von *Nimm vier!*", denkt Kolja. „Für die Ferien."

Am Nachmittag fährt er mit dem Rad zum Kaufhaus. Es ist groß, das KaVauGe, das Kaufhaus von Glücksdorf. Er sucht die CD von *Nimm vier!* und bezahlt an der Kasse.

Er will schon gehen, da hat er noch eine Idee. Seine Schwester Alina hat nächste Woche Geburtstag. „Vielleicht finde ich noch was für sie", denkt Kolja. Er geht noch einmal zu den CDs zurück.

Aber was ist das? Ist das nicht Pia? Und ein Mann! Er hält Pia am Arm fest. Was ist denn da los?

festhalten

der Detektiv

„Jetzt hab' ich dich, du Diebin[17]! Komm sofort mit!", sagt der Detektiv zu Pia.

„Pia eine Diebin? Das kann nicht sein", denkt Kolja und läuft zu den beiden.
- ● Was ist denn hier los? Warum halten Sie meine Freundin fest?
- ○ Sie hatte diese CD in der Tasche. Siehst du? Sie ist eine Diebin!

Kolja versteht sofort und hat eine Idee:
„Langsam, langsam! Das ist ihre CD. Hier ist die Quittung!"

KaVauGe
Kaufhaus von Glücksdorf
QUITTUNG

CD Alles und mehr!
(Nimm vier!)   11,49

Summe   EUR   11,49
Bar   EUR   15,00

ZURÜCK (Bar)   EUR   3,51
Betrag enthält 7 % MWSt   0,80
                        netto   10,69

06 21 – 15:47 Uhr
Kasse 3

„Wie bitte?" Der Detektiv sieht Kolja überrascht an. Pia weint[18].
- ● Das ist die CD *Alles und mehr!* und das hier ist die Quittung. Sehen Sie?
- ○ Ja, ähm, ja, das stimmt. Also dann, ähm, Entschuldigung, aber … Ja, tut mir leid.

---

17 die Diebin: sie nimmt etwas und bezahlt nicht

18 weinen:

Der Detektiv lässt Pia los.
„Komm, Pia, wir gehen." Pia und Kolja gehen.

Pia versteht nicht, was das war. Und sie ist sauer, sauer auf sich.
Und froh über Kolja.
„Danke, Kolja! Ich brauche jetzt erst mal eine heiße Schokolade.
Und ich lade dich ein."

Zehn Minuten später sitzen Pia und Kolja in einem Café, es ist
gemütlich.
- ○ Kolja, es ist so peinlich. Ich hatte die CD in der Hand und
  dann in der Tasche. Ich weiß nicht, warum. Ich schäme[19]
  mich so.
- ○ Ja, das war nicht gut.
- ○ Ich schäme mich echt so sehr. Du erzählst es sicher den
  anderen und Mama und Papa. Ach, es war so dumm …

_____

19 sich schämen: etwas sehr peinlich finden

Pia weint wieder, sie kann fast nicht sprechen.

○ Pia, von der Sache wissen nur du und ich. Und das bleibt auch so!

● Wirklich? Kolja, das ist ... das ist so lieb von dir.

○ Ist schon gut!

Beide trinken still die heiße Schokolade. Sie schmeckt wunderbar. Dann fragt Pia:

● Woher hattest du eigentlich die Quittung?

○ Von der Kasse. Ich bezahle meine CDs. Du machst das ja ein bisschen anders ...

Kolja lacht.

● Haha, sehr lustig. Und wo hast du die CD?

○ Wo wohl? In der Tüte[20] vom Kaufhaus. Und die ist in meinem Rucksack.

● Aber ich hab' meine CD auch noch! Die müssen wir zurück-bringen.

○ Das geht nicht. Dann bekommst du wirklich ein Problem.

● Das war so blöd von mir, Kolja.

○ Ja, das stimmt. Aber fang nicht noch einmal an.

Jetzt müssen beide lachen.

---

20 die Tüte:

13

Das Ticket

Heute Abend spielt *Nimm vier!* in der Stadthalle. In der Klasse sprechen alle über das Konzert, auch Nadja:

- Ich gehe mit Robbie zum Konzert! Ich freue mich schon so! Wo treffen wir uns, Pia? Du kommst doch auch, oder?
- Ich weiß nicht. Ich hoffe, ich kann hingehen. Es geht mir nicht gut. Ich glaube, ich werde krank.
- Aber doch nicht heute! Du hast doch schon ein Ticket.
- Mal sehen. Bis heute Abend ist vielleicht alles wieder gut.

Pia geht es nicht gut, aber krank ist sie nicht. Sie denkt an gestern. „Ach, es war so peinlich! Das war so dumm von mir", denkt sie immer wieder.

Nach der Schule geht sie gleich nach Hause. Zu Hause zählt sie ihr Geld. Dann geht sie ins Internet, sie sucht das Konzert von heute Abend.

Es gibt noch Tickets. Pia freut sich. Sie geht zur Stadthalle und kauft noch ein Ticket, dann schreibt sie eine SMS.

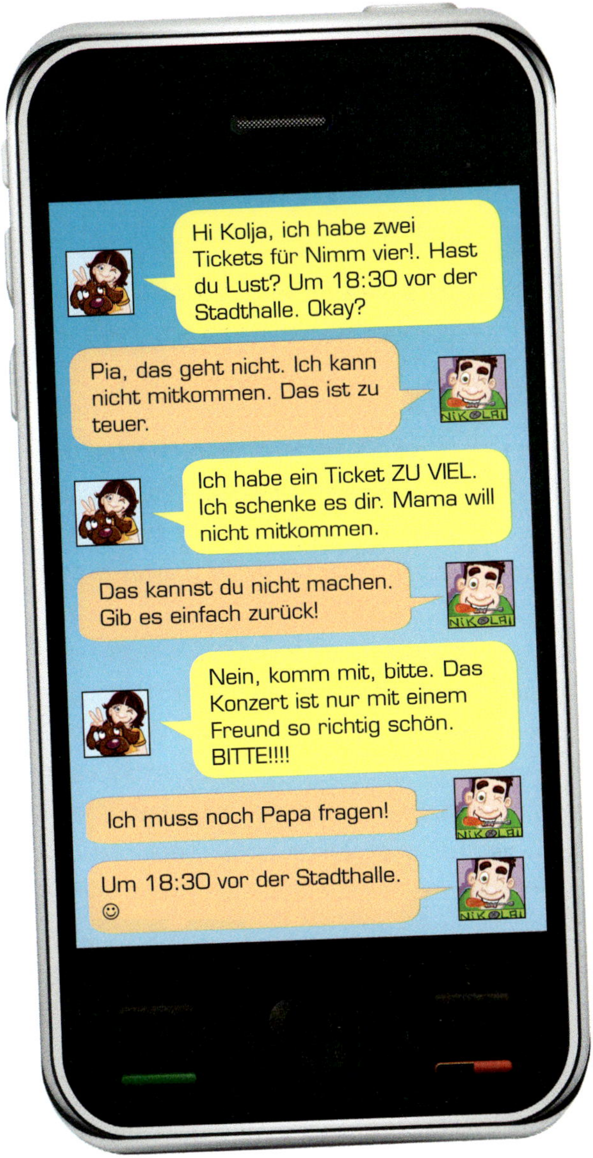
Hi Kolja, ich habe zwei Tickets für Nimm vier!. Hast du Lust? Um 18:30 vor der Stadthalle. Okay?
Pia, das geht nicht. Ich kann nicht mitkommen. Das ist zu teuer.
NIKOLAI
Ich habe ein Ticket ZU VIEL. Ich schenke es dir. Mama will nicht mitkommen.
Das kannst du nicht machen. Gib es einfach zurück!
NIKOLAI
Nein, komm mit, bitte. Das Konzert ist nur mit einem Freund so richtig schön. BITTE!!!!
Ich muss noch Papa fragen!
NIKOLAI
Um 18:30 vor der Stadthalle. ☺
NIKOLAI

Ein paar Stunden später kommt Kolja nach Hause. Das Konzert war super. Nein, nicht nur das Konzert. Der Abend war super.

Kolja ist glücklich.

24

14

Ferienbeginn

GG[21] Ferienbeginn! Ich mache ein Gartenfest.
Kommt alle! Wir können auch im Zelt schlafen.
Cool, oder? LG Paul

Pia ruft sofort Paul an.

- ● Hej, gute Idee! Sag mal, wer kommt denn alles zum Gartenfest?
- ○ Hm, Nadja, Robbie, Anton und du. Und ein paar Freunde aus Großdorf, Anna und Sam und …
- ● Und Kolja? Kommt Kolja nicht?
- ○ Doch, schon. Ich muss ihm noch eine SMS schicken.
- ● Ja, mach das gleich. Kolja ist doch einer von uns.
- ○ Na klar, mach' ich sofort.

Das Gartenfest ist super, das Essen schmeckt. Alle sind glücklich.
Das Schuljahr ist aus, die Ferien kommen.

---

21 GG (Großes Grinsen):

KAPITEL 1

1 Was weißt du über Kolja und seine Familie? Kreuze an: richtig oder falsch?

	richtig	falsch
1. Kolja muss heute nicht so früh in die Schule gehen.	☒	☐
2. Kolja hat einen Bruder und eine Schwester.	☐	☐
3. Die Mutter macht beim Frühstück das Radio an.	☐	☐
4. Kolja sieht eine Zeitung auf dem Tisch.	☐	☐
5. Koljas Vater sucht eine neue Arbeit.	☐	☐
6. Er möchte in einer Werkstatt in Glücksdorf arbeiten.	☐	☐
7. Kolja ist nicht gern in Berlin.	☐	☐
8. Kolja geht ohne Frühstück in die Schule.	☐	☐

KAPITEL 2

Berlin

Berlin ist die Hauptstadt von Deutschland und das Zentrum der Region Berlin/Brandenburg. In Berlin leben 3,5 Millionen Einwohner. Es ist die größte Stadt in Deutschland und die zweitgrößte Stadt in der Europäischen Union (EU). Es gibt in Berlin zwei Flüsse – die Havel und die Spree –, kleine Seen und Wälder. Berlin hat viele Sehenswürdigkeiten, zum Beispiel das Brandenburger Tor, den Reichstag (das Parlament) und viele Museen. Es gibt aber auch viele moderne Gebäude wie die Regierungsgebäude, das Jüdische Museum oder den Fernsehturm. Bekannt sind auch die Theater in Berlin und es gibt eine große Mode- und Design-Szene.

2 Was passt zusammen? Ordne zu.

1. Am Freitag geht Kolja zum letzten Mal in Berlin
   in die Schule,   _E_

2. Kolja gibt allen Schülern seine neue Adresse   ___

3. In der Nacht kann Kolja nicht gut schlafen,   ___

4. Am Morgen helfen alle   ___

5. Auf der Fahrt nach Glücksdorf macht die Familie
   eine Pause   ___

6. Nach der Pause fahren sie noch zwei Stunden,   ___

A denn er möchte nicht weg aus Berlin.

B und isst in einem Restaurant.

C und am Nachmittag besucht er
noch einmal seine Freunde.

D dann kommen sie in Glücksdorf an und
der Vater zeigt allen die Wohnung.

E und die Schüler in seiner Klasse schenken
ihm eine CD mit ihren Lieblingssongs.

F und tragen die Möbel und Sachen zum Auto.

3 **Alex ruft Kolja an. Ergänze den Dialog. Kontrolliere dann mit der CD.**

> am • bleiben • ~~cool~~ • da • fahren • klar • Lehrer • Leute • nicht • Pause • Stadt • weiter

● Hej Alex! Das ist ja __cool__ (1).

○ Und, seid ihr schon in, in … Wie heißt die _____ (2) noch mal?

● Glücksdorf.

○ Und, wie ist es _____ (3)?

● Wir sind noch gar nicht da. Wir machen gerade _____ (4). Wir müssen noch zwei Stunden _____ (5), sagt Papa.

○ Und? Alles klar?

● Nee. Ich möchte lieber bei euch in Berlin _____ (6). Ich kenne doch niemanden in Glücksdorf.

○ Du kennst sicher bald ein paar _____ (7). Wann musst du in die Schule?

● Gleich _____ (8) Montag.

○ Hoffentlich ist deine Klasse nett. Und die _____ (9). Nicht so wie unser Pilser!

● Ja, der fehlt mir bestimmt _____ (10)!

■ Kolja, komm, wir fahren.

● Hörst du? Papa ruft. Wir müssen _____ (11). Danke, Alex.

○ Ist doch _____ (12)! Tschüss.

KAPITEL 3

4 **Was muss Familie Wagner in die Wohnung tragen?**
Schreib die Wörter mit den Zahlen. Achte auf den Plural.

Schreibtisch: 3	Regal: 5	Stuhl: 12	Tisch: 4
Bett: 6	Schrank: 7	Karton: 35	

drei Schreibtische, _____

_____

_____

5 **Welcher Satz ist falsch? Kreuze an.**

☐ 1. Die Wohnung in Berlin war nicht so groß wie
die neue Wohnung in Glücksdorf.

☐ 2. Das Zimmer von Kolja ist klein, aber er wohnt nicht
mit seinen Geschwistern zusammen.

☐ 3. Papa, Boris und Kolja tragen die großen Sachen
in die Wohnung, aber alle helfen.

☐ 4. Am Abend bekommt Kolja eine SMS von seinen
Freunden Alex und Ilhan.

KAPITEL 4

6 **Wer macht was? Verbinde.**

1. Der Direktor   A geht zuerst aus dem Haus.
2. Frau Müller   B fahren mit dem Bus zur Schule.
3. Kolja   C bringt Denis zum Kindergarten.
4. Kolja und Boris   D wartet vor dem Lehrerzimmer.
5. Koljas Mutter   E bringt Kolja in die Klasse 7b.
6. Koljas Vater   F zeigt Kolja einen Platz in der Klasse.
7. Der Mathelehrer   G haben viele Fragen.
8. Die Schüler   H ist die Klassenlehrerin.

7 So viele Fragen. Was antwortet Kolja? Ordne zu.

1. Spielst du Tennis?   _E_

2. Wann hast du Geburtstag?   ___

3. Welche Fächer magst du?   ___   A Aus Berlin.

4. Welche Sprachen sprichst du?   ___

5. Wie viele Geschwister hast du?   ___

6. Wo wohnst du?   ___   B Zwei Brüder und
                                                                                 eine Schwester.

7. Woher kommst du?   ___

8. Warum bist du hier?   ___

D In der Kiewer Straße.

C Mein Vater arbeitet
hier, in einer Werkstatt.

E Nein, nur ein bisschen
Fußball.

F Am 20. Mai.

G Deutsch, Ukrainisch
und Englisch.

H Physik ist gut und
Mathe geht auch.

8 Und du? Antworte auf die Fragen 1–7 aus Übung 7.

1. _____

2. _____

3. _____

4. _____

5. _____

6. _____

7. _____

9 **Hör zu: Alex ruft Kolja an. Ordne die Sätze in die richtige Reihenfolge.**

___ Bei Alex und Ilhan in Berlin ist alles wie immer.

___ Kolja fährt mit dem Bus zur Schule.

_1_ Kolja hatte am ersten Schultag in der ersten Stunde Mathe.

___ Die Mutter ruft, Kolja muss seinem Bruder Denis helfen.

___ Kolja hatte noch keine Zeit für die Stadt, er kennt Glücksdorf noch nicht.

___ Kolja hat noch keine neuen Freunde.

KAPITEL 5

10 **Ergänze den Dialog von Paul und Kolja. Kontrolliere mit der CD.**

● Und, wie gef _ä l l t_ (1) dir das Training?

○ Es w _ _ (2) okay. Der Trainer ist g _ _ (3).

● Und die Ma _ _ _ _ _ _ _ (4)?

○ Au _ _ (5) okay. Aber alle spielen b _ _ _ _ _ (6) als ich!

● Nein, das sti _ _ _ (7) nicht.

○ Doch, doch! Und Nora ist e _ _ _ (8) gut, die spielt ja s _ _ _ _ (9).

● Ja, schon, die k _ _ _ (10) schon spielen. Aber der Trainer fi _ _ _ _ (11) sie ganz super toll. Im _ _ _ (12) nur Nora super, Nora toll, gut, Nora …

○ Sie i _ _ (13) ja auch gut.

● Schon, ja. Aber sie gl _ _ _ _ (14), sie ist die Beste.

○ Du m _ _ _ _ (15) Nora nicht. Stimmt's?

● Ko _ _ _ _ (16) du auch zum nächsten Trai _ _ _ _ (17)?

○ Ich weiß noch n _ _ _ _ (18).

44

11 Welche neun Wörter zum Thema *Sport* findest du? Schreib.

> ball • de • ~~fah~~ • Fuß • he • len • Mann • mü •
> nie • ning • platz • ~~Rad~~ • ~~ren~~ • ren • schaft • Schu •
> spie • Sport • trai • Trai

Rad fahren   _____   _____

_____   _____   _____

_____   _____   _____

KAPITEL 6

12 Ergänze die Wörter. Wie heißt das Lösungswort?

1. Am Elternabend verkauft Koljas
   Klasse Essen und Trinken.
   Das Geld ist für einen …   A U S F L U G

2. Die Schüler machen einen Plan.
   Paul, Anton und Elena wollen
   Getränke …   _ _ _ ▢ _ _ _ _

3. Nach dem Elternabend müssen
   alle Schüler …   _ _ _ ▢ _ _

4. Nadja verkauft beim Elternabend …   _ ▢ _ _ _ _

5. Nadja erzählt viel von Robbie.
   Sie ist seine …   _ _ _ _ _ _ ▢ _

6. Kolja spricht mit Pia und kann ihr
   ein bisschen …   _ _ _ _ _ ▢

7. Plato frisst das Essen für Robbie.
   Pia und Kolja …   _ _ _ ▢ _

Lösung: Koljas Mutter macht Essen aus der _U_____ .

45

KAPITEL 7

13 Was ist richtig? Kreuze an: A oder B.

1. ☒ Die *Wild Guitars* spielen im Jugendzentrum.
   B Robbie hat am Samstag um 18:00 Uhr ein Konzert.
2. A Nadja gibt Kolja ein paar Songs von Robbie.
   B Nadja gibt Kolja einen Flyer für Robbies Konzert.
3. A Im Jugendzentrum gibt es eine Party mit DJ Tukan.
   B Robbie ist der DJ für die Party im Jungendzentrum.
4. A Kolja kennt die Songs von Robbies Band.
   B Kolja kennt die *Wild Guitars* nicht.
5. A Pia sagt, viele Schüler kommen zum Konzert.
   B Pia sagt, sie kann nicht zum Konzert kommen.

KAPITEL 8

14 Welcher Text ist richtig? Kreuze an: A oder B.

Kolja hat Geburtstag. Er bekommt ein Handy und seinen Lieblingskuchen. Kolja hat auch ein Fußballspiel, aber leider gewinnt die Mannschaft nicht. Sie feiern in der Kantine Geburtstag und Kolja bekommt ein Trikot von seinem Lieblingsspieler. Kolja kommt nicht pünktlich nach Hause.

B

Beim Frühstück steht Koljas Lieblingskuchen auf dem Tisch und er bekommt ein Handy. Kolja und Paul fahren zum Sportplatz, die Mannschaft hat ein Spiel. Sie gewinnen und der Trainer ist glücklich. Dann feiern sie Koljas Geburtstag. Die Mannschaft schenkt Kolja ein Trikot. Er kommt pünktlich nach Hause.

Geburtstag feiern

Den Geburtstag feiert man mit der Familie und Freunden und oft auch mit einer Geburtstagsparty. Man bekommt Geschenke von der Familie und von guten Freunden. Bei einem Geburtstagsfest bringen alle Gäste ein Geschenk mit. Auf dem Geburtstagskuchen sind immer so viele Kerzen wie das Alter: z. B. Tom wird 13 Jahre alt, also sind 13 Kerzen auf seinem Kuchen. Das Geburtstagskind muss die Kerzen ausblasen, am besten alle auf einmal. Das bringt Glück.

KAPITEL 9

15 Was passiert? Ordne die Sätze.

___ In Koljas Zimmer warten Alex und Ilhan auf ihn.

___ Die Mutter hilft: Kolja darf mit seinen Freunden bis 22 Uhr weggehen.

_1_ Kolja kommt nach Hause und hat Hunger.

___ Kolja will seinen Freunden Glücksdorf zeigen und am Abend mit ihnen ins Jugendzentrum gehen.

___ Es gibt Essen aus der Ukraine, es ist sehr lecker.

___ Kolja, Alex und Ilhan sollen um 21 Uhr zu Hause sein, sagt der Vater.

16 Hör das Gespräch von Kolja, Alex und Ilhan. Ergänze: _Kolja_ oder _Alex_.

1. _Kolja_ muss ziemlich viel für die Schule lernen.

2. _____ ist überrascht: _____ spielt Fußball.

3. _____ kennt Schewa nicht. _____ erklärt es ihm.

4. _____ glaubt, _____ geht früh schlafen.

5. _____ kennt ein paar Leute in Glücksdorf.

KAPITEL 10

17 Der Abend von Koljas Geburtstag. Markiere die Fehler und korrigiere die Sätze.

1. Zuerst zeigt Kolja den Freunden <mark>die Schule</mark>. *den Sportplatz*

2. Alex fragt Kolja: „Wie sind die Freunde?" _____

3. Dann laufen sie zum Jugendzentrum. _____

4. Die Musik ist laut und schlecht. _____

5. DJ Tukan sagt, der DJ heißt *Nimm vier!*. _____

6. Kolja stellt Pia *Nimm vier!* vor. _____

7. Nach dem Konzert fahren sie zum Bahnhof.

_____

8. Am Montag fahren Alex und Ilhan nach Hause.

_____

19

18 Hör den Dialog von Pia und Nadja. Zu Hause schreibt Pia in ihr Tagebuch. Was ist richtig? Kreuze an: A oder B.

> *Samstag, 20. Mai*
> *Im Jugendzentrum war Party mit DJ Tukan! Super Musik,*
> *auch von Robbies Band. Kolja hat Besuch aus Berlin und*
> *zeigt ihnen das Jugendzentrum. Am Montag hat er*
> *Geburtstag. Nadja macht einen Kuchen, und ich auch.*
> *Wir brauchen zwei Kuchen, die Klasse ist so groß.* **A**

> *Samstag, 20. Mai*
> *Konzert von Robbies Band und Party mit DJ Tukan. Kolja*
> *hat Geburtstag, aber nur seine Freunde aus Berlin feiern*
> *mit ihm. So peinlich! Am Sonntag machen Nadja und ich*
> *einen Kuchen. Dann können wir am Montag in der Klasse*
> *gratulieren.* **B**

KAPITEL 11

19 Ordne die Aussagen. Wie heißt das Lösungswort?

_1_ K Kolja surft im Internet und findet eine Information: _Nimm vier!_ kommt nach Glücksdorf.

___ N Kolja möchte gern zum Konzert gehen, aber die Tickets sind sehr teuer.

___ R „Robbie findet _Nimm vier!_ auch gut", schreibt Nadja.

___ Z Die Eltern können nicht nur Kolja ein Ticket kaufen, Boris und Alina möchten auch zum Konzert gehen.

___ E Pia antwortet im Klassenforum: Sie möchte von Kolja ein paar Songs von _Nimm vier!_

___ T Alle in der Klasse sprechen vom Konzert. Kolja ist ein bisschen traurig.

___ O Am 22. Juni spielt die Band in der Stadthalle. Kolja schreibt das ins Klassenforum.

Lösungswort: __ __ __ __ __ __ __

KAPITEL 12

20 Im Kaufhaus. Finde zehn Wörter und schreib sie.

ALEIKESCHENKENQUEKOLKAUFHAUSBLATIKKASSEGO
LOKENBEZAHLENFÜSTBEKENQUITTUNGRELENTASCHEI
FRESANTEADIEBINKRIGOSEARUCKSACKKIBE
FANTIDEEGILUBOSTÜTEJKLÖ

schenken, _____

_____

_____

21 Pia und Kolja im Kaufhaus. Kreuze an: richtig oder falsch?

	richtig	falsch
1. Kolja will Ilhan für die Ferien die CD *Alles und mehr!* schenken.	☒	☐
2. Koljas Schwester Alina hat morgen Geburtstag.	☐	☐
3. Kolja sieht einen Mann. Es ist ein Detektiv und er hält Pia fest.	☐	☐
4. Pia hatte die CD *Alles und mehr!* von *Nimm vier!* in der Tasche.	☐	☐
5. Kolja zeigt dem Detektiv seine Quittung.	☐	☐
6. Pia möchte sofort nach Hause gehen, sie schämt sich sehr.	☐	☐
7. Kolja und Pia essen im Café einen Kuchen.	☐	☐
8. Kolja will Pias Eltern von der CD erzählen.	☐	☐

KAPITEL 13

22 Was passt zusammen? Verbinde.

1. Am Abend spielt *Nimm vier!*
2. Pia geht es nicht gut.
3. Pia kauft noch ein Ticket für das Konzert.
4. Kolja sagt, er kann nicht mitkommen.
5. Pia sagt, das Ticket ist von ihrer Mutter.
6. Nach dem Konzert kommt Kolja nach Hause.

A Sie will es Kolja schenken.

B Aber die Mutter will nicht mitkommen.

C Die Tickets für das Konzert sind einfach zu teuer.

D und alle sprechen über das Konzert.

E Der Abend war super und er ist glücklich.

F Sie muss immer an gestern denken.

24

23 Kolja ruft Ilhan an. Ordne den Dialog. Hör dann zur Kontrolle.

1. Hej Kolja. Du schläfst ja noch gar nicht. Was ist los in Glücksdorf?

   <u>B</u>

2. Wieder im Jugendzentrum?

   ___

3. Und welche Band?

   ___

4. Was? Das gibt's ja nicht. Die waren noch gar nicht in Berlin.

   ___

5. Aha! Neue Freundin! Ach, so ist das.

   ___

6. Dann vergisst du uns in Berlin bald.

   ___

A Nein, in der Stadthalle, mit 1000 Leuten oder mehr.

B Ich komme gerade heim, von einem Konzert.

C Nein, nicht meine Freundin, aber eine Freundin. Einfach so.

D Nein, sicher nicht. Aber ich habe jetzt auch hier Freunde.

E Nimm vier!

F Siehst du, aber hier waren sie, heute. Und super waren sie auch. Cool, das Konzert. Ich war mit Pia dort.

LÖSUNGEN

KAPITEL 1

1 2f, 3f, 4r, 5r, 6r, 7f, 8f

KAPITEL 2

2 2C, 3A, 4F, 5B, 6D

3 2. Stadt, 3. da, 4. Pause, 5. fahren, 6. bleiben, 7. Leute, 8. am, 9. Lehrer, 10. nicht, 11. weiter, 12. klar

KAPITEL 3

4 fünf Regale, zwölf Stühle, vier Tische, sechs Betten, sieben Schränke, fünfunddreißig Kartons

5 Richtig: 4

KAPITEL 4

6 2H, 3D, 4B, 5C, 6A, 7F, 8G

7 2F, 3H, 4G, 5B, 6D, 7A, 8C

9 5 Bei Alex und Ilhan in Berlin ist alles wie immer.
2 Kolja fährt mit dem Bus zur Schule.
1 Kolja hatte am ersten Schultag in der ersten Stunde Mathe.
6 Die Mutter ruft, Kolja muss seinem Bruder Denis helfen.
3 Kolja hatte noch keine Zeit für die Stadt, er kennt Glücksdorf noch nicht.
4 Kolja hat noch keine neuen Freunde.

KAPITEL 5

10 2. war, 3. gut, 4. Mannschaft, 5. Auch, 6. besser, 7. stimmt, 8. echt, 9. super, 10. kann, 11. findet, 12. Immer, 13. ist, 14. glaubt, 15. magst, 16. Kommst, 17. Training, 18. nicht

11 Fußball, Schuhe, Mannschaft, müde, spielen, Sportplatz, trainieren, Training

KAPITEL 6

12 2. einkaufen, 3. aufräumen, 4. Kaffee, 5. Freundin, 6. helfen, 7. lachen
Lösung: UKRAINE

KAPITEL 7

13 2B, 3A, 4B, 5A

KAPITEL 8

14 Richtig: B

KAPITEL 9

15 2 In Koljas Zimmer warten Alex und Ilhan auf ihn.
6 Die Mutter hilft: Kolja darf mit seinen Freunden bis 22 Uhr weggehen.
1 Kolja kommt nach Hause und hat Hunger.
4 Kolja will seinen Freunden Glücksdorf zeigen und am Abend mit ihnen ins Jugendzentrum gehen.
3 Es gibt Essen aus der Ukraine, es ist sehr lecker.
5 Kolja, Alex und Ilhan sollen um 21 Uhr zu Hause sein, sagt der Vater.

16 2. Alex, Kolja; 3. Alex, Kolja; 4. Alex, Kolja; 5. Kolja

KAPITEL 10

17 2. Freunde → Lehrer, 3. laufen → fahren, 4. schlecht → gut,
5. der DJ → die Band, 6. *Nimm vier!* → seine Freunde,
7. zum Bahnhof → nach Hause, 8. Montag → Sonntag

18 Richtig: B

KAPITEL 11

19 2O, 3N, 4Z, 5E, 6R, 7T
Lösungswort: KONZERT

KAPITEL 12

20 Kaufhaus, Kasse, bezahlen, Quittung, Tasche, Diebin, Rucksack, Idee, Tüte
21 2f, 3r, 4r, 5r, 6f, 7f, 8f

KAPITEL 13

22 2F, 3A, 4C, 5B, 6E
23 2A, 3E, 4F, 5C, 6D

TRANSKRIPTE

4

● Hei Alex! Das ist ja cool.

○ Und, seid ihr schon in, in … Wie heißt die Stadt noch mal?

● Glücksdorf.

○ Und, wie ist es da?

● Wir sind noch gar nicht da. Wir machen gerade Pause. Wir müssen noch zwei Stunden fahren, sagt Papa.

○ Und? Alles klar?

● Nee. Ich möchte lieber bei euch in Berlin bleiben. Ich kenne doch niemanden in Glücksdorf.

○ Du kennst sicher bald ein paar Leute. Wann musst du in die Schule?

● Gleich am Montag.

○ Hoffentlich ist deine Klasse nett. Und die Lehrer. Nicht so wie unser Pilser!

● Ja, der fehlt mir bestimmt nicht!

▪ Kolja, komm, wir fahren.

● Hörst du? Papa ruft. Wir müssen weiter. Danke, Alex.

○ Ist doch klar! Tschüss.

8

● Hi Alex!

○ Hej Kolja! Na, wie geht's?

● Geht schon!

○ Na los, erzähl mal.

● Na ja, in der ersten Stunde war Mathe, der Lehrer ist ziemlich okay, glaub' ich. Alle in der Klasse hatten viele Fragen. Ja, das war schon okay so.

○ Wie kommst du zur Schule?

● Ich fahr' mit dem Bus.

○ Und? Wie ist es in Glücksdorf?

● Mhm. Es ist nicht wie Berlin, das ist klar. Ich hatte noch keine Zeit für die Stadt. Es war ja heute der erste Tag in der Schule.

○ Und Freunde?

● Wie? Ich bin seit drei Tagen hier! Mal ganz langsam! Und du? Und Ilhan? Was ist bei euch so los?

○ Alles wie immer.

● Das ist gut.

▪ Kolja, kommst du bitte? Denis braucht deine Hilfe!

● Ich komm' ja gleich. Du hast es gut, Alex. Du hast keinen kleinen Bruder!

○ Aber eine Schwester. Das ist auch nicht besser!

10

● Und, wie gefällt dir das Training?
○ Es war okay. Der Trainer ist gut.
● Und die Mannschaft?
○ Auch okay. Aber alle spielen besser als ich!
● Nein, das stimmt nicht.
○ Doch, doch! Und Nora ist echt gut, die spielt ja super.
● Ja, schon, die kann schon spielen. Aber der Trainer findet sie ganz super toll. Immer nur Nora super, Nora toll, gut, Nora …
○ Sie ist ja auch gut.
● Schon, ja. Aber sie glaubt, sie ist die Beste.
○ Du magst Nora nicht. Stimmt's?
● Kommst du auch zum nächsten Training?
○ Ich weiß noch nicht.

16

● Los! Sag schon, was machst du immer so?
○ Nicht viel. Also doch. Ich muss ziemlich viel für die Schule lernen, alles ist anders.
▨ Und du spielst Fußball? Das kann ich fast nicht glauben.
○ Warum nicht? Die Mannschaft ist okay und der Trainer auch. Das haben sie mir heute geschenkt. Ein Trikot von Schewa!
● Das ist ja super.
▨ Und wer ist Schewa?
○ Er heißt Anatoli Schewtschenko. Aber wir nennen ihn Schewa. Mein Lieblingsspieler. Ein super Fußballer, aus der Ukraine.
● Das ist ja super. Und am Abend?
▨ Da gehst du früh schlafen, stimmt's?
○ Nicht wirklich. Man kann hier schon auch weggehen. Ins Kino oder einfach so ein bisschen weggehen.
▨ Hast du schon Freunde?
○ Keine wie euch. Aber ich kenne schon ein paar Leute.

19

● Hej Nadja. Du, ich muss …
○ Oh, hi Pia! Das war doch so toll, oder? Robbies Songs sind so cool. Das war einfach super. Ich muss gleich zu Robbie und ihm sagen …
● Warte noch, ich muss dir was sagen. Es ist wichtig!
○ Mach schon.
● Kolja hat heute Geburtstag. Deshalb sind seine Freunde aus Berlin da. Wir müssen ihm in der Klasse gratulieren.

○ Morgen ist doch Sonntag.

● Hör zu: Wir machen einen Kuchen für ihn. Den bekommt er am Montag in der Schule.

○ Ja, ist schon gut. Ruf mich morgen Nachmittag an, dann können wir einen Kuchen machen. Ich muss jetzt …

● Ich weiß, du musst zu Robbie.

24

● Hej Kolja. Du schläfst ja noch gar nicht. Was ist los in Glücksdorf?

○ Ich komme gerade heim, von einem Konzert.

● Wieder im Jugendzentrum?

○ Nein, in der Stadthalle, mit 1000 Leuten oder mehr.

● Und welche Band?

○ *Nimm vier!*

● Was? Das gibt's ja nicht. Die waren noch gar nicht in Berlin.

○ Siehst du, aber hier waren sie heute. Und super waren sie auch. Cool, das Konzert. Ich war mit Pia dort.

● Aha! Neue Freundin! Ach, so ist das.

○ Nein, nicht meine Freundin, aber eine Freundin. Einfach so.

● Dann vergisst du uns in Berlin bald.

○ Nein, sicher nicht. Aber ich habe jetzt auch hier Freunde.